KB067880

김기욱 시집-4

침묵 속에 불타는 숲

㈜이화문화출판사

침묵 속에 불타는 숲

침묵 속에 불타는 숲!

존재
태초부터 지금 오늘에까지
거기에 그렇게 변함없이 있어준 게 좋다
또
앞으로 영원히 그러하리라

사계절
이 땅 태초부터 지금까지 사계(四季)를 밟으며
철이 들어서 좋다

포용
군상 욕심만 넘치지 않으면
대상이 무엇이든 허용 내주는 게 있어 좋다

무대
숲속의 교향곡 연주회 수채화 전시회
무전 객석 전시장이 있어 좋다

태곳적부터 지금까지도 그랬고
앞으로도 지금까지와 다를 게 없이
지키고 지켜가려
혼신을 다해 열정을 불태우는 숲
그 영혼과 열정이 경이롭기만 하다
침묵 속에 불타는 숲!

〈차 례〉

제1부
문학산으로 들어간 국어책

풀벌레들의 화음

백로가 지나니
모두가
이슬만 먹고 사나보다
공기도 바람도
청량하다
구름조각 사이로
하늘 호수가 유난스레 파랗다
문학산 기슭
풀숲
풀벌레들의 청아한 화음에
귀가 즐겁고
발걸음이 가볍다
나
어렸을 적
바로 그 소리다
산 식구들 공연단
화음에 끌려
장승이 돼버린 나

마음이 평온해지고
영혼이 맑아진다
풀숲의 화음
언제 들어도
경이롭다

숲의 분신인 게다

가을
그리고 낙엽
떨어져 아무데서나 나뒹굴고
떨어져 구석구석에 쌓여도
쓰레기가 아니고
치워야 할 대상이 아니다
겨울 동지섣달의 나목
봄 신록의 물결
여름 청록의 강렬함
가을 곱디고운 색동옷
어느 한 철
어느 하루 거르지 않고
아가의 순수함으로
신의 경지에서
한 치도 벗어나지 않게
그리고
열심히, 아주 열심히
살아온 그 뒤태를

보기만 하여도
욕심이 사그라지고
보기만 하여도
영혼이 평온해지고
보기만 하여도
행복의 나래가 펼쳐지니
누군들
경이롭지 아니하겠나?!
낙엽은
숲의 분신인 게다

〈창조문학 2017 겨울호〉

가을의 뒤태

저만치에서 가을이 오고 있다
그리고
내 눈 앞을 스치듯 지나갔다
그 뒤에 남겨진 뒤태

산모퉁이 돌아가니
눈 코가 황홀해진다
넋을 빼앗아 간 들국화
발가벗은 나무에
수줍게 달라붙은 빠알간 감
시골 개구쟁이들 주머니 엔
밤알이 가득
도심 속 은행나무 느티나무 단풍나무 ……
화덕의 불꽃이 따로 없다
그리고
순정과 열정을 보란 듯 토해낸다
산골 시골 사람들
일 년 땀의 결실에

밝고 소박한 미소를 머금은 얼굴들
이 모두는
가을, 가을의 뒤태다

낙엽의 군무

겨울
이제 막
문턱을 넘어섰다
봄에는 부슬비 먹고
여름에는 태양을
여름 지난 지금은
가을을 먹은 단풍
제 멋에 겨웠는지
솔바람에 취한 채로
춤사위를 뽐내고 있다
산행 중
낙엽 군무에
넋을
홀랑 빼앗기고
육신은
장승이 되고 말았다

태초의 약조

가을
씨앗, 또 열매
모두의 속살이 튼실하다

창공의 찬란한 햇볕
새벽의 영롱한 이슬
대기의 청량한 실바람
대지는 어미의 젖
영혼을 한가득 품은 가슴
농부님네 발자국 소리 듣고 산 작물 작물들
여문, 아주 실하게 여문
씨앗, 열매 그리고 가을
이 둘은
태초에
맺은 약조인 게다

문학산이 열 발은 자랐다!

소단원이 바뀌었다
이제
겨우 한 달 지났는데
그러니까
정월 한 달 만에
문학산이
열 발은 자랐다
산은
세월을 먹고 자라고
나는
세월을 먹고
조락의 길을 걷고 있다

〈창조문학 2017 겨울호〉

매화낭자와 한 잔

정월 보름, 우수가 문턱을 넘은지도 며칠
가는 겨울
아쉬움이 컸던지
새하얀 목화송이가
사물을 하나로 만든다
겉만 하나가 아니고
영혼까지도 하나가 된다
오늘을 미리 알았던지
사흘 전 매화낭자가 방문했다
지인들
봄을 첫 번째로 들인 집이라 야단들이다
목화송이 두르고
매화낭자 곁에 앉히고
나 한 잔
매화낭자 한 잔
목화송이도 한 잔
한 순 배, 두 순 배 ……
오늘
내가 횡재한 날이다   〈창조문학 2018 여름호〉

겨울잠 깨우는 소리

경칩이 코앞이다
산길 가는데
예서제서
바스락 바스락
졸졸 좔좔
비비비, 비비배 비비배배
게으름 피기 전에
사방팔방에서
겨울잠 깨우는 소리다
덩달아
내 가슴 바빠진다
두근두근 콩닥콩닥

문학산으로 들어온 국어책

비비비, 비비배배 비비배배
비비비, 비비배 비비배배
짝 찾느라 혼이 다 나갔다
또 신바람 났다
가만 생각해보니
내가
초등학교 다닐 때
국어책에
비비새
동시가 나왔었는데
어느 틈엔가
국어책 속 비비새가
문학산에 들어와 정좌하고 있다

바람 얘기 들어보라

동지선달
엄동설한에
소백 태백 선자령에 올라
바람이 들려주는 얘기 들어보라
귀때기 볼때기 휘갈기며 소리치는
아니
원혼이 토해내는 바람의 얘기를
자신조차 지킬 힘없는 자들이
그 통한의 억울함을
피눈물 토해 내며 외쳐대는
가슴 찢어지는 얘기를 들어야만 한다
그래야
원혼도 고이 얘기를 접을 수 있다

4월이 문턱을 넘는다

이제
4월도 중반을 넘어서고 있다
건너편 동산
꽃구름 뭉실뭉실
산길 가는 나그네
꽃향기에 취해 넋을 잃고
그 와중에
온 산은
연둣빛 치장에 빠져 있고
산새 부부
해산날 맞으려
고뇌의 나날 보내고 있다

꽃에 홀려서

사람을 미치게 한다
코 눈 영혼이 모두 취해버렸다
3월과 4월의 꽃

꽃눈이는
혹독한 인고의 그 기인 세월을
알몸으로 숱한 밤을 지새우고
그리고   지금
아주, 아주아주 의연하게
화사한 꽃으로 탄생하였다

군상들
애달픈 인생사 다 주머니에 넣어 두고
그저
허우적허우적 비틀비틀
꽃에 홀려, 꽃에 홀려서!
꽃에 취해 있다, 취했다

5월의 미쳐버린 바람

광풍이다
하루 낮 하루 밤 그리고 하루 낮이 돼도
가라앉기가 힘들었나 보다
전선이 울고
창문이 울고
도시가 뜯기고
시골이 찢기고
숲 나무들이 부러지고 뽑히고
지금은
그 좋은 5월의 시작점인데
누가 바람을 그토록 성내게 만들었는지
그래서
바람이 화가 치밀다 못해 미쳐버리게 했는지
아무튼
바람은 미치고 미쳐버렸다

밤꽃

6월
숲의 제왕은
밤꽃이다
숲에 들어가 보라
꿀 흐르듯
또한 정액이 주체를 못하고 흐른다
날짐승 들짐승 군상들까지도
코를 벌름벌름 쿵쿵 쿵
산길 지나던 여인들
그 중 한 여인, 역겨워 죽겠다 한다
이렇게 한 바탕
휘몰아치고 평온이 되 오는 날에는
소행성의 싹을 담은
탱글탱글한 알알이
곁에 와
행복해 하며 뒹굴고 있을 것이다

〈창조문학 2018 여름호〉

철이 철들지 않은 거다

7월 중순 지나는 길목
장마 같지 않은 장마가 가니
뒤 이어
염제가 자리를 차지했다
일주일 보름 스무날 한 달……
끝날 기미가 보이지 않는다
애꿎은 기상청만 연일 뭇매다
폭염에 열대야 주의보가 끝날 기미가 없다
100여 년 만에
아니 기상관측 사상 처음 이란다
그게
인간의 업보든
자연의 분노가 됐든
틀림이 없는 건
철이 철들지 않은 거다

그만큼의 세레나데는 불러야 하나 보다

입추를 넘기고 처서도 훌쩍 뛰어넘었는데
들녘은 거북이 등짝이고
염제는 눈알이 튀어나오도록 부릅뜨는데
주저할 것도 거칠 것도 없다
땅거미 지면서
여명이 붉어질 때까지
몇 날인지 알 수도 없을 나날
사랑을 향한 세레나데는 그칠 줄 모른다
그게
돌담이건 마당이든 길섶이든 부뚜막이 됐든
무대가 중요한 게 아닌가 보다
죽음답게 죽기위해서
여명이 붉게 물들여질 때까지
그만큼의 세레나데는 불러야 하나보다

잊지 않고 찾아온 낭자들

연속
한 달 이상 폭염에 열대야까지
유래가 없는
염제의 대단한 담금질 있었던 올 여름
그 한가운데
그 어떤 험난한 여정도 개의치 않고
그저 그렇게 찾아준 낭자들
마냥 고맙지만은 않다
눈 부릅 뜬 염제와의 전쟁을 하느라
육신과 영혼이 말이 아닐 건데
지금은 엄동설한의 한가운데
그놈의 정이 뭔지
그놈의 정 때문에
열 네 필봉과 매화낭자
수줍게 고개 외로 빼고
얼굴에 연지곤지 찍고 고운 화장까지
그리고
땅이 꺼질세라 하늘이 무너질세라

어느 날 여명 동자를 앞세우고
홀연히 찾아주었다
선물로
천상의 향수(香水)를
거실 안 한가득 채워 놓는다

정신이 하애진 낭자 군단

한 달을 훌쩍 넘게
낮에는 35도 넘기는 게 요지부동이고
밤에는 28 29도가 요지부동인 올 여름
염라대왕의 부릅뜬 눈이 얼마나 무서웠으면
열 네 낭자
정신이 혼미해졌나 보다
내
10년이 두 번은 훌쩍 넘게
낭자를 맞이했지만
처음이다
낭자는 질서가 정연하여 거스름이 없는 법인데
이번엔 완전 뒤죽박죽이다
낭자 대면은
맨 아래 필봉을 앞세워
1 2 3 4 5 6 7 8 9 10 11 12 13 14번
질서정연한 대면이 되게 마련인데
올 낭자들은
10 9 7 11 8 12 6 13 5 14 3 2 1 4의 대면이 됐다
염제대왕 때문에 정신이 하애진 게다

얼굴 빨개진 능금의 변

얼굴
빨갛다
누가
무안을 주었나?
아님
사랑이 진했나?

모두가
그냥 놓아두질 않는다
밝은 햇살이
청량한 실바람이
새벽녘엔
수정 이슬방울까지
눈을 맞추고
얼굴을 보듬고
간지럼에
입맞춤까지

얼굴
빨개진
능금의 변이다

무엇이 그리 마땅치 않은지

우리집 거실에
번지를 두고 사는 군자란이 있다
주민등록 옮긴지 3년째
작년에도 그랬고
올해도 그렇다
고개를 내밀지 못하고
겨우 얼굴만 빠끔히 내미는데
잎 사이가 좁았던지
삐져나오느라 그 예쁜 얼굴이 말이 아니다
옴츠러진 목에
몸통 자체가 아예 없다
힘차게 훤칠하게 올라오지 못하고
얼굴만 겨우 내미느라 그 고생인지
무엇이 그리 마땅치 않은지
그래도 예쁘다

태풍 치바!

올 해가 2016년
10월이 문턱을 넘어섰다
10월과 함께 온 태풍 '치바'
경주 울산 부산 제주, 그리고 제주바다 남해바다
불과 몇 시간 만에
다, 모두 다 완전 뒤집혀 놓았다
경주는 바로 직전에
지진에 휘청 한 어지러움이 가시지 않았는데
아비규환이라 함이 맞다
그리고
유유자적 동해로 빠져나갔다
뒤돌아 볼 일도 없고
내가 뭘
아무 일도 없었다는 듯 그렇게 홀가분하게 가버렸다
그라믄
우린 어쩌라고

우리 동네 가로수

북풍한설에 삭풍이 무섭다
달빛마저 싸늘하기기 시어미 눈빛이다
동토의 한 복판에서
가로수가 가엽다
팔 다리 다 잘리고
하늘까지 닿아보겠다던 희망도 꺾이고 말았다
사악한
인간의 탈을 쓴 손모가지에
모두가 잘려나가
몸통만
볼품없이 덩그마니 초라한 모습이다
상흔에 스며드는 냉기에
뼛속 심장까지 다 얼어붙었다
착한 가로수였는데
한여름 살신성인 염제와 맞서서
불볕 아랑곳 안하고 그늘 만들어주고
사랑에 빠진 매미의 안식치가 돼주고
소나기 쏟아지면 임시방편 우산도 돼주었다

보은은 못할망정
보기 민망한 몰골로 만들어 놓았는지
참 나쁜 사람들이다

두견새야!

두견화가 산을 덮었다
애가 끓는다
땅거미 지면서
동녘하늘
 여명이 붉게 물들일 때까지
선혈을 토해낼 수밖에 없는
사랑의 절박함
가슴 저미는
두견새! 두견새! 두견새!
결국에는
이 강토 산하를 온통
혈흔의 점성으로
붉게 아주 붉게
물들여놓았다
아는지 모르는지
속절없는 속물근성 군상들만
구름떼 무리지어 희희낙락이다

보릿고개와 쌀꽃나무

남도의 청보리 밭
실바람에 잔잔한 물결이 되어
군상들 가슴을 스치고 지나간다
나 어렸을 적
청보리가 일렁이는 지금쯤을
보릿고개라 하였다
언제
청보리가 내 허기진 배 채워주려나
보릿고개에 희망을 안겨줘
선망의 대상이 되기도 하였다
이때쯤이면
산천에 쌀나무가 쌓아놓은
쌀이
조상님네 무덤 봉우리만큼씩이나
희디 흰 쌀을 쌓아 올려놓았다
허기진 군상들에게
쌀나무가 선사한 신기루인 것이다
이팝나무 아니 쌀꽃나무의 신기루다

지금
우리 아파트 단지 내 쌀꽃나무가
그전처럼 쌀을 쌓아놓고
찾아오기를 기다리고 있다

보릿고개와 쌀꽃나무
아주, 아주 많이 친한 벗인가 보다

※ 남도에서는 쌀꽃나무 식물도감에는 이팝나무다

여보게들 나무와 나무는 더하고 덜한 게 없지 않은가

이제
4월이가 5월이에게
자리를 넘겨주어야 할 때가 가까워지고 있다
나무도 숲도
모두가 꽃구름 뭉게뭉게
그러다가
어느 날에
꽃비 꽃눈 마구 쏟아 붓는다
길손들은
눈도 마음도 다 잃고 만다
그 때 들려오는 속삭임
여보게들
젊은 나무의 꽃은
이례를 넘기 못하지만
늙은 나무의 그늘막은 한 여름 내내고
무성한 잎은
길손들의 마음까지도 맑게 해 주네
그러니
젊은 나무와 늙은 나무는
더하고 덜한 게 없지 않은가!

독도(1)

독도! 독도! 그리고 독도!

동쪽 최전방
우리 영토 중 태양이 가장 먼저 뜨는 땅
1분 1초라도 일찍 일어나
왜구 지키라는
태양신의 깊은 성찰이고 배려인거다
정월 초하루의 태양은 더더욱 그렇다

일찍 일어나는 새가 먹이를 잡는다 했든가
슴새 물수리 황조롱이 바다제비 노랑지빠귀 괭이갈매기
흰갈매기
여명과 함께 찾아와 알람의 화음을 보내는 건
동이 트기 전에 어서 일어나
왜구 지키라는
새들의 깊은 성찰이고 배려인거다
정월 초하루 새들의 화음은 더더욱 그렇다

속도 모르는 속물들
독도는 바위섬이라 한다

생각해 보아라
왜구에서 오는 거센 풍랑 너울 이겨내야 한다
일 년 열두 달 1분 1초도 쉼 없이
와서는 메치고 메치고 또 메치기를 하는 거
의연한 자태로 다 막아내야 하고
왜구의 도전적 침략 언제 찾아올지 모르니
눈 부릅뜨고 찾아내어 싸워야 한다
단단한 몸 가져야 지켜낼 수 있는 거다

속도 모르는 속물들은
우리 동쪽 끝 막내라고도 말 한다
울릉도 독도
한 뱃속에서 잉태하고 탄생했다
독도가 형이고 울릉도가 동생인 거 우주 족보에 다 있다
만이로 출생하여
동쪽 끝에서 왜구를 지키느라
힘이 들고 지쳐서
동생보다 작아진 거뿐이다
독도는 동쪽 끝 우리 영토의 영원한 맏형인 거다

독도(2)

뿌리!

대한민국의 뿌리
서해를 넘어 만주벌까지
남해를 넘고 대한해협을 건너 마라도 대마도까지
동해를 넘어 독도까지
북으론 러시아 연해주까지 뻗고 있다
원뿌리 줄기가 그렇고
가지뿌리가 사방팔방
곁가지 뿌리가 삼십육계(三十六計) 방향으로 뻗고 있는 거다
근본도 뿌리도 없는 왜구가
언제부터인가 옆에 비집고 들어와
떼쓰기를 넘어 몽니부리는 게
하늘을 찌른다
원래
뿌리도 근본도 없는 무지한 사람들은
예절 윤리도 상식 개념도 없이
행패부리고 폭력 휘두르기를

아무렇지도 않게 해댄다고 했다
왜의 몽니와 폭력은
세월이 가도 끝이 없고
세월이 가도 지칠 줄도 모르고 들이 댄다
왜가 제정신 들 때까지는 그러리라
우리는
대한국인은
일 분 일 초도 정신을 바로세우지 않으면
안 되는 이유가 여기에 있다
호랑이한테 물려갈 때 정신 차려야 살아남듯
정신을 차려야한다
혼을 다하고 열정을 불살라
의연한 자태로 버티고 있어야 한다
우리 영토
맏형 독도가
그 자리에 그렇게 의연하고 굳건한 자태로 서 있는 것
처럼

해와 숲

해가 숲에 그늘을 드리운다
그 그늘에는
해가 드리운다
그늘 바닥에 드리운 해는
마냥 게으름을 피워본다
그러다 무료해 질 때쯤이면
산새들 화음에
숲이
실바람 불러다 무도회 열어주고
욕정을 주최 못하는 밤꽃이
혼자만이 멋쩍었던지
향기를 보내어 같이 욕정을 불러일으키게 해준다
그늘에 드리운 해는
모든 게 호사이고 만족에 즐거움인 거다
산길 걷다보니
은근히 질투가 치민다
못됐다

한 톨 밤(栗)의 역사

성계 고슴도치의 성이 난 가시처럼
어린 밤송이 가시가 꼭 그렇다

문턱을 넘은
8월의 작열하는 태양아래
이 세상과 연을 맺어보게 하겠다고
혼과 열정으로
온몸을 내던져 불태우고 있다
이렇게
인고(忍苦)의 고행(苦行)을 천신만고(千辛萬苦) 끝에
한 톨 밤알이
생명으로 잉태되어
세상과 연을 맺는다
인간을 위한 존재가 아닌 이유다

가을의 어떤 초청

숲속이 무대가 됐다

백로가 지나고
가을이 성큼 턱밑까지다
숲은
이 세상 최고의 무대로 변신했다
가을이 초청한
풀벌레 합창단 연주단
서로가 최고인 양 기량을 뽐낸다
덕분에 숲 오르내리는 군상들 귀가 호사 한다
가을이 초청한
도토리 상수리 다래 으름 밤톨 형제들
속살 채우기에 정신 팔려
가지가 무거워 힘에 겨워하는 줄도 모르고 있다
속살 꽉 차면
군상들 다람쥐 청설모 입이 호사 한다
가을이 초청한
실바람 맑은 공기 부드러운 햇볕

청량하고 상쾌하면
피부가 좋아라 호사 한다
가을의 마지막 초청 손님 군무 공연단
색동옷 입은
예쁘디예쁜 군무 공연단이 끝 주자가 되어
숲속 공연단
실바람에 자신을 맡기고 환상의 공연이다
군상들
혼 다 빼앗기고 전신으로 호사를 누린다

해님 가을 숲에 풍덩 빠지더니

여름 내내
염제의 호된 담금질에
숲이 한 뼘은 더 성숙하고 건강한 자태다
그런 숲에 미친 건
인간 군상들 말고도 가을 해님도 있다
숲에 풍덩 빠져든 해님
대지에
작고 앙증맞은 호수를 뿌려놓았다
숲속의 곤충 낙엽 밤톨 도토리 형제들
그 호수 안에서
한가로이 유유자적 세월을 보내고 있다
하기야
그 놈들도
여름 나느라 진이 다 빠지고 몸이 천근만근이다
그러니
이런 날은 세월을 상으로 받은 거다

그 뒤에 남은 건

금강산 성인대
문턱을 넘어 어느새 깊어진 가을
금강산 일만 이천 봉 중
남녘에는 4형제 봉 밖에 없단다
그 중 한 봉
고성 성인대

그 어느 해보다 곱다
물들은 게

엄동설한 동장군의
혹독함 모질음 겪어내고

춘삼월 희망 부풀어 싹눈 내밀어
5월의 신록으로 소생하고

사랑 한 몸에 다 받고
염제의 혹독한 담금질에

허리가 휘고 꺾이는 태풍에도
호우 폭우 뿌리째 흔들리고
거북 등짝인 대지의 목마름
극한에 극한 또 극한 상황 다 버티고 버텨서
만추에 당도하니
튼실한 열매 줄기 뿌리
제법 토실토실 윤기가 반지르르
허나
다 주고 나니
진작 남은 거라고는
바삭 바삭 말라붙은 표피에
피멍 든 가슴
차라리 불태워 한이라도 풀어보겠다
노랑 빨강 불꽃 토해내니
불붙은 내 모습에
군상들
속도 모르고 희희낙락
화려한 수식어 미사여구로

염장을 지르는구나

그리고
그 뒤에 남은 건
생명의 고리가 되려
대지의 품에 들어서서야
터지는 가슴 가라앉혀 평온을 되찾는다
봄을 꿈꾸면서

들녘 단상

봄에
농부님네 손에 이끌려
논으로 내몰린 모
여름 내내
작열하는 뙤약볕에도
물의 보살핌으로 푸르름 잃지 않고
농부님네 발품 소리 들으며
하루가 다르게 크고 크고 또 크더니
어느날
배통가지 불룩 제법 꼴이 잡혔다
그렇게 해서 이삭이 고개를 내밀고
이삭에 매달린
낟알 낟알들 뚱보가 되고
이삭은 제힘에 겨워 고개 떨군다
군상들
황금물결이 일렁인다고 넋을 잃는다
그리고
만추의 어느 날

배고픈 인간의 양식이 되기 위해
농부님네가 다그치는 트랙터 횡포에
낟알은 포대 속에 갇혀 지내니
지난 세월 환하고 밝은 세상 한없이 그리워진다
동절기 배고픈 소의 양식으로 남기위해
생명의 끈을 잃은 몸뚱어리는 둘둘 말려
숨은 턱밑까지 막혀 죽는다
지난날 얽매임 없는 자유를 그리워하며
지금은
빈 논만 지키고 있다

숲에 봄이 내려앉는 전설인 게다

참 힘겹게 달려온 길이다
동장군 매서운 서슬 퍼런 눈빛에 떨고
동토와 힘겨루기 하고
동지섣달 긴긴 밤
삭풍에
어둠의 늪에 헤매야 했다
이 길을
생강나무는
봄을 싣고
제 허리 휘고
몸마디는 굽고 튕겨져 옹이가 되고
제대로
몸을 가누지도 못하고
숨차게 달려왔다
봄을
숲에 내려놓고는
얼굴까지 노래져 하늘 보지만
생기는 그대로고

자태와 자존감을 간직한 채로다
스스로가
하늘을 우러러
대견스럽고 보람되다 크게 외쳐본다
숲에 봄이 내려앉는 전설인 게다

철이 들었음을 보여주고 있다

철이 들었어요
생강나무가
죽을 둥 살 둥
혼 열정을 다해 봄을 실어다 놓고는
자리를 비우니
진달래가 살짝 발을 들여 놓는가 했더니
그새
자리를 비우느라 바쁘다
그 와중
틈새 공략이라도 하려는 듯
벚나무가
내 차례다 하고는
산을 마을을 공원을 거리를 다 뒤덮더니
꽃눈이 되어 가는 길 소복소복
그리고는
뒤를 이어
철쭉 아까시 밤 원추리 칡 싸리……
모두 철이 들어

제가 있어야 할 때를
제가 가야 할 때를
다 알고
한 치의 망설임도 없는 동작이
철이 들었음을 침묵으로 보여주고 있다

사람들은
이런 꽃을 그저
좋다고만 아름답다고만 한다

산이 바쁘다

중양절 중
으뜸 중양절이 중심 잡고 있다
상강이 문턱에 와있다

산은 온통 수채화 전시장이다
빨강 노랑 파랑 물감들이
제멋대로 인거 같아도
화폭 안에서는 다 조화를 이룬다
어느 것 하나 튀는 거 없이
모두가 서로를 아우른다
선을 긋지 않아도
이게
수채화의 화두란다
그날이 어제와 다르고
그날이 내일과 다르다
그래도
화두는 그날이 그날이다
달라지는 게 없어

어제 본 사람 오늘 본 사람 내일 본 사람
머릿속은 같다
대단한 가르침이고 큰 스승이다

제2부

해장 날려 보낸 손주

인고의 긴 세월을 고독으로 씹는다

대관령 넘어
횡계에 가면
고향이
동해인 놈들이 있다
아주 많이 있다
입 떡 벌리고
눈은 휭 하고
볕이 쪼이면 쪼이는 대로
눈발이 던지면 던지는 대로
서리가 내리면 내리는 대로
북풍한설 삭풍이 몰아치면 몰아치는 대로
이리로 옮겨주면 옮겨진 대로
저리로 옮겨지면 옮겨진 대로
무엇 하나 거스름이 없다
간혹
고향 그리워지면
동해가 실어다 주는
짭조름한 공기를

바람결을
동해의 너울로 삼아
그렇게
인고의 긴 세월을 고독으로 씹는다
인간은 황태를 씹고

〈창조문학 2018 여름호〉

토막 오이 한 조각

즐거움
그 중
먹는 즐거움이 최고다
먹는 즐거움 중
얻어먹는
즐거움만 한 게
또 어디 있으랴
그 중에서도
난
아내가
얼굴에 덮어씌우고 남은
토막 오이 한 조각 얻어먹는 게
제일로 맛나다
그 옆에
쪼그리고 앉아 있다가
얻어먹는
토막 오이 한 조각
정말

맛나다
정말, 정말로 맛나다

해장을 날려 보낸 손주

권상일 교장님은
후배다
손자 자랑이 많은 편이다
한 번은
전날
과음하고
아침에 식구들 다 함께
콩나물 해장국 집에 갔다고 했다
모두
자리를 잡고
주문을 하던 와중에
초등학교 1학년짜리 손자가
"그런데
할아버지
술 깨러 와서 술 시키면 되나?"
그 한마디에
그날
해장에는

술 한 병이
그대로 날아갔다고 했다

손사는 위대하다

우리의 희망을 보았다

동네 골목길을 가다가
열 살이나 됐을까?
한
어린이와 마주쳤다

"안녕하세요, 꾸벅"
그래, 안녕
학교 끝나고 집에 가는구나?
"아니요"
그럼 어디 가지?
"네, 태권도 도장에요"
그래, 참 착하구나!
공부도 열심히 하고?
긁적긁적, "글쎄요?"
운동도 열심히 하고, 공부도 열심히 해야지
"네, 감사합니다." 꾸벅
"고맙습니다, 공부 열심이 할께요"
그리고

종종종······

오늘
첫 대면한 어린이다
물론
그 선생님도, 부모님도
보지 못한 분이시다

허나
소년은
희망을 보여주었다
가슴이 뭉클하였다

〈창조문학 2018 여름호〉

묵은 된장맛 내는 친구

진호 친구
메일로 글을 보내왔다
항상
숙연하게 하면서도 가뭄에 단비 같은 글이다

"역시
무봉에게선
쉽게 쓰면서도 무봉의 냄새가 진하게 납니다.
꾸밈없이.
토속과 전통을 느끼게 하는 구수한 시어
동시 같은 친근감을 구사하면서 말이오.
한편으로는
약간씩 새로운 시풍도 구사해 보면 어떨까 합니다.
현재가 너무 산문적이고, 사실적이니
압축과 절제를 시도해 봄도 좋을 듯
(순전히 내 생각)"

자서 친구도

언젠가
비슷한 조언을 해주었다
숲길을 걸으면서,

두 친구는
오십 년 묵은 된장이다
덤으로 10년을 산 지금
이렇게 살아가고 있다

지민이 졸업했어요

2016년 2월 16일
지민이가 초등학교 졸업 했어요
3월이면 중학생이 되는 거다
알 수 없는 건
이제부터 공부의 전쟁터로 입성하는데
그
공부라는 게
구도(求道)이고
구도는 고행(苦行)이기 마련이거늘
그래도
즐거움이고 축복인 건
삶 자체가
평생 공부이고
어차피 거쳐야 할 한 단계라면
우선
한 단계라도 무탈하게 넘겼으니
왜 즐거움이고 축복이 아니겠나!
내 가서

맛난 거 사주려 했는데
연중행사 치르는 손님맞이(?)
힘센 손님 방해로
허사가 됐다!
참 나쁜 얄미운 손님이다

우리 지혜야!

우리 지혜야!
오늘
아빠도 너무나 슬픈 하루였다
지혜가 그렇게도 간절하게
소원하고 또 소원하는
아기의 꿈이……
하지만
연분이라고 하는 희망은 있으니
다행스런 일 아니겠느냐
지혜야!
사람의 능력이란 게
되는 것도 되지 않는 것도 있게 마련이다
그러니
우리
지금을 인정하고
머릿속의 잡다한 생각들 훌훌 털어내고
밝고 맑고 건강한
태초의 삶으로 돌아가

건강하게 살자, 응
이건
아빠의 소원이고 소원이다!
아빠 엄미는 언제나 지혜 곁에 있다

여명과 함께한 합창 발표회

밤안골
가평에 있는 골짜기 마을이다
표건이 친구가 사는 마을이다
하루 묵고
새벽녘 잠에서 깨어나니
대단한 환영 행사다
맑고 밝고 청량하고
화음의 조화 또한 환상적이다
모르기는 하여도
골짜기 숲의 나무 수만큼 단원 수가 될 듯 싶었다
그 많은 단원이
그렇게나
환상적인 합창을 선사해 줄 거라곤 상상도 못했다
여명의 등에 업혀
천상에서 온 합창단인 게 틀림없다

삶을 캐는 군상

황해
개펄에서 캐는 것은
새댁 시절에는 식구들 양식을 캤고
자식들 성장하면서부터는
학비를 캤고
노년이 되기 시작하면서는
손주들에게 줄 용돈을 캤고
황혼기에 접어들면서부터는
유택 입주비용을 캔다

시인 알렉산데르 푸슈킨(Aleksandr Pushkin)은
"삶이 그대를 속일지라도 슬퍼하거나 노하지마라"라고
읊지 않았나
삶!
알쏭달쏭한 게 어디 한두 가지랴

사랑은

사랑은
아픔 슬픔 고뇌 외로움을
한 양푼 담아
먹는 일이다
갓난아기가
엄마 젖 먹듯이

사랑은
기쁨 즐거움 환희 행복을
한소끔 담아
주는 일이다
엄마가
갓난아기에게
젖 주듯이

사랑은
자기 그늘에 놓아두는 일이다
초원의 맹수가

제 새끼
품 안에서 벗어날라치면
어금니로
등줄기 물어
품안으로 끌어다 놓듯이

사랑은 이런 거다

속물이 따로 있나

인천지하철 1호선
평상시 대로면
열리지 않는 문가가
내 입석 위치다
오늘따라
내
입석 좌석이
붐벼서
의자 앞
통로에 섰는데
바로
앞에 앉았던 아가씨가
거침없이
벌떡 일어서더니
「여기 앉으세요」
나는
손사래 치며
고맙지만 괜찮다고

그냥
앉아 가라고 일렀다
차는
이제 막 출발했는데
다음에 내린다고
문가 쪽으로 갔다
고마워요
주저앉았다
다음 정류장
또
그 다음 다음 정류장에서 내렸다
빨리 도망쳤어야 했는데……
때가 지났다
속물이 따로 있나
붐벼도 그냥
내 자리 지켰어야 했는데……
주인이 따로 있는데……

가을
이제 한가운데쯤 다가서고 있다
햇볕 바람 공기가
농사를 잘 지었다
산에
밤 도토리 개암 상수리가 실하다

군상들
투드리고
흔들고
발로 차고
우두둑우두둑
손을 놓치고
땅으로 곤두박질이다

배낭 가득
비닐봉지 가득
주머니마다 가득가득

속물들의 근성인 게다

주인이 따로 있는데……

그래서
신은
태초부터
인간을 사랑하지 않은 것이다

우리 아파트 좋은 아파트다

집에서 나가면 바로 어린이 놀이터다
낮에는 개미조차 놀러 나오지 않는다
점심 먹고
4시쯤이나 되면
하나 둘 모여든다
놀이터가
어린이들 왁자지껄로 하나 가득이다
2살 3살 아기들도
형아 누나 따라
덩달아 신이 난다
저녁 먹고 2부가 시작 된다
8시까지는 매일 왁자지껄 신바람 가득이다
우리 아파트는 좋은 아파트다

새 행성 소우주 품에 안기다

그러니까
35개월 전 소우주가 탄생한 후
그렇게나 애를 태웠든
새 행성이 소우수 품에 안기었다
2016년 5월 17일
소우주에게는 역사적인 순간의 날!
새 행성이
조물주 삼신할머니의 점지로
소우주 품에 안긴 날이다
새 행성
이제부터는 건강하게 무럭무럭 성장하여
소우주로 내디딜 일만 남았다
그리고
소우주가 그랬듯이
또 새 행성을 품어야 하지 않겠나!
이게
우주의 섭리고 이치인 게다

새 행성이 잉태되던 날의 감격

소우주에
새로운 행성이 잉태되었다
맑고 밝고 초롱초롱한 새 행성이
그게
2016년 5월 17일이다
그러니 이 날 만큼 역사적인 날이 또 있으랴
눈물이 나고 또 눈물이 났다!
한편으로는
소우주, 고행의 담금질이 시작됐고
그래서
안쓰러운 마음이 하늘에 닿았다

인간 비극의 태동을 품는 원초가 된다

가을의 무대
그게
오페라하우스, 예술의 전당, 카네기홀
그런
무대가 아니면 무슨 상관인가
풀숲, 길섶, 논두렁 밭두렁, 돌담
무대가 아닌 공간이 없다
여명이 붉어지면서
정오를 넘기고 땅거미가 지고
별빛 달빛이 밝혀주는 밤
그리고
다시 여명이 붉어질 때까지
무대에 정좌한 합창단단원들 연주단원들
때로는 파트별로
때로는 하나가 되어
제 음색을 뽐내는데 영혼을 불태운다
이렇게
애가 끓는 사랑의 세레나데를 부르는 건

제 나름대로
저 스스로 저답게 죽기 위함이다
군상들만이
배 속의 똥만 쌓이게 하고
비계 덩어리 육신을 만드는데 욕심이다
세레나데를 모른다
이게
인간 비극의 태동을 품는 원초가 된다

제3부
침묵 속에 불타는 숲

산길을 걷다가

오줌이 마렵다
두리번두리번
그리고는
냅다 깔겼다
희열을 느끼는 순간

바로 앞 나뭇가지 위
솔새가
우습다는 듯 짹 짹 짹
또
땅바닥에서는
낙엽들
우습다는 듯 깔깔깔 낄낄낄
예서제서 바스락 바스락
보다 못한 나뭇가지들
걱정스럽다는 듯
고개 돌리며
살레 살레 내젓는다

착각이다
보는 이 없으면 괜찮다는 것은

〈창조문학 2017 겨울호〉

문학산 식구들

이제
올해 섣달 중순이다
동장군
무엇이 그리 소원했든지
험상궂은 표정으로
심술이 대단하다
영하 13도 내려갔다고 했다
게다가
센 바람까지다
체감온도가 영하 20도를 훌쩍 내려섰다고도 했다
하던 대로
아침밥 한 술 뜨고
문학산에 올랐다
듣던 대로다
그런데
문학산 식구들
모두가 신바람이 났다
솔새 콩새 박새 딱새 지박구리 굴뚝새……

숲을 독차지하고
목청을 돋운다.
맑고 청량함이
천상의 소리 같다
동장군이 머쓱해진다

〈창조문학 2016 봄호〉

거목의 뿌리가 웅변을 토하고 있다

대둔산
바위와 암반 그리고 너덜지대인
골짜기에 나무가 울창하다
한, 두 아름은 훌쩍 넘겼을 거 같고
어린 나무라야 100살은 족히 됐으리라
땅 밖으로 내민 뿌리의 굵기가 웬만한 나무의 기둥이고
자신의 기둥 굵기보다 뿌리의 굵기가 더 굵다
나를 압도한다
벌어진 입 다물어지지 못한다
오랜 세월
북풍한설 골바람을 알몸으로 견뎌내고
호우에 바위덩이 떼굴떼굴 굴러도 그 두려움 이겨내고
번쩍 우지직 쾅 벼락에도 아랑곳 안하고
오늘
거목으로 거듭나는 데는
경이로운 뿌리가 제구실을 다했기 때문 이란다
경이로운
거목의 뿌리가 웅변을 토하고 있다
우리 인간에게

선자령

선자령!
바람신이 있는 곳

동장군 눈 부릅뜨는 때
선자령에 오르면
바람신 위세에 무엇 할 거 없이 고개 숙인다
눈 무게에 등 굽은 고개 마루마다
어지럽게 돌아가는 풍차 바람개비 말고는
다 그렇다

불볕 염제의 눈 부릅뜨는 때
선자령에 오르면
바람신 손길에 무엇 할 거 없이 가슴 젖히고 깊은 숨
들이 쉰다
초록 바다 일렁이는 등 굽은 고개 마루마다
어지럽게 돌아가는 풍차 바람개비 말고는
다 그렇다

동장군도 염제도
별을 품은게 다를 바 없고
풀벌레 합창, 꽃망울 터지는 교향곡 향유하는 게 같고
대지와 천상의 보살핌이 다를 바 없을 터인데
풍차 바람개비 말고는
다 그렇다

비선대로 가는 길목에서

설악산 금강굴 가는 길목에 서서
좌우를 보나
앞뒤를 보나
위아래를 보나
숲에 박힌 게 기암인지
기암에 박힌 게 숲인지
계곡물이 기암을 때리는 건지
기암이 계곡물을 때리는 건지
바람이 선비로 나게 한 건지
선비가 바람을 나게 한 건지
기암 바람 물 나무 고사목 모두가
그렇게
그냥 그렇게 서 있다
어제도 오늘도 내일도, 그리고 내일도
무상한건
넋 잃고 길 가는 나그네뿐이다

해파랑길 걸으며

동해는
태평양 품에 있다
동해
해파랑길 35번 길 문패가 걸려있다
누가
태평양을 태평양이라 했던가
막 폭발 할 듯 품은 에너지
물불 가리지 않고 들이대는 열정
게다가
온몸을 던져 그 어떤 것도 남기지 않으려는 기세까지다

애꿎은
바위만 고달프다
때도 시도 없이
크고 작고를 따지지 않고
또
인정사정 볼 것도 없이
온몸으로 덮친다

그래봐야 제 몸 산산이 부서져
결국엔 하얀 포말을 남길 뿐인데
동해가 있으면서 오늘까지 그래왔다
앞으로노 그럴 거다

고집도 참 세다

설악산에 오르면

설악산에 오르면
구름이 유유자적이다
가을 문턱에서
낙엽이 지고
몇 안 되는 잎새는 먼 산만 바라본다
그걸 아는 건 운무뿐이다
때로는
골짜기를 다 메워 봉우리만 수줍다
때로는
골짜기도 봉우리도 다 덮어준다
그러다간
꼬리에 꼬리를 물고
산 넘어가고 능선 따라 휘감아 돌고
그렇게라도 해야 마음이 편안한 게다
함께한 세월을 생각하면
그냥,
그렇게 보내기가 엉 그런가 보디

재미는 하늘만큼이었다

경기 양평에 가면 백운봉이 있다
엄동설한 북풍한설이 매섭다
오르기 전
가시권에서 바라만 봐도
봉우리의 뾰족함이 가슴 찌를 듯하다
절반을 오르니
백운봉이 얼굴을 보여 준다
깎아지른 기암 설벽
매서운 북풍한설에
볼때기가 떨어져 나갈 듯하다
그 벽을 오르면
그 다음 얼굴이
그것도
얼굴은 다르지만 기암 설벽은 합동이다
얼굴 넷을 대면하니 정상이다
작은 몸체지만
재미는 하늘만큼이다
엄동설한
이만한 재미 어디 가서 맛볼 수 있겠나!

겨울 숲이 따뜻한 건

횡성에 가면 청태산이 있다
지금은
북풍한설 동장군이 버티고 서있다
설국
군상들 마음을 완전 빼앗아 가고 만다
7부 능선쯤 올랐을까
벙어리 군상들
야~! 탄성이다
말문이 튄 걸까
큰 나무 밑 키 작은 애기 나무들
동장군 흘기는 눈에 싹눈 꽃눈 베일까
보송보송
서리꽃 피어 보듬고 있다
멋없이 장대같이 서있는 나목
민망스러워 할까봐
뭉실뭉실 서리꽃이 가려 준다
겨울 숲이 따뜻한 건
서리꽃
한없는 숲 사랑이 넘쳐흐르기 때문인 거다

시집과 파프리카

이제 막 중복에 들어섰다
장마 중이라 비가 부슬부슬 내린다
문학산 갈마봉 정자에 올랐다
일행이 다섯이다
우산 우비 걷고
두런두런 말이 오고 간다
그 때 다른 한 무리 사람들이 왔다
힘이 들었던지
그 중 한 아가씨가
배낭 벗자마자 뒤지더니
파프리카 준비해온 걸
정자에 있는 사람 모두에게 한 쪽씩 돌렸다
잡수세요, 생글 생글!
예쁜 모습에
배낭에 가지고 다니던 내 시집
「가마우지의 한나절」이 생각났다
여기요!,
파프리카 값

선물로 드리는 거예요
역시 받는 모습도 예쁘다
옛날 어렸을 적
눈깔사탕 받아 든 아이처럼 좋아라 하는 모습이다
꼭 그런 모습이었다
틀림없는 어린애였다

복(伏) 중의 산행은

초복 중복을 넘기고 말복이 문턱이다
작열하는 태양
염제가 제 세상 만난 때다
열대야에 폭염주의보도 시원찮아 경보다
머리끝부터 발끝까지 땀이다
맺히는 게 아니고 줄줄 흐른다
그래도
숲이 드리운 그늘이 격려해 주고
가끔은 골바람이 멱을 감을 수 있게 해 준다
청량감을 주는 공기와 계곡 흐르는 물소리가
귀와 표피를 마사지 해 준다
염제도 별도리가 없는 게다
세상사 한계란 게 있게 마련이다
순리고 섭리인 거다
인간만이 거스르려 악다구니에 용을 쓴다

설원, 설원에서 수도(修道)의 행군은 시작이 됐다

2017년 12월 21일 강원 정선 함백산 오르는 길목
8부 능선쯤이나 됐을까

대평원
온통 눈으로 덮인 세상
끝없이 펼쳐진 세상
동장군 매섭기가 뭐에 비할 수 있으랴
신발도 안 신고
옷도 안 걸친 채로
그렇다고
털도 깃도 없는
알몸 하나로
0.0000001초도 쉼 없이
그저 앞으로 앞으로 가고만 있다
기껏 한 발 떼봐야 0.00001mm나 갈 수 있으려나
주자의 체구가 그렇다고 말해준다
설원, 설원에서 수도(修道)의 행군은 시작이 됐다
몸뚱어리는 몇 천 만 배 작으면서

인간보다 몇 천만 배는 더 강하고 강한 생명이다
경이롭다
어느 누가 미물이라 말할 수 있겠나
인간의 지독한 편견일 뿐이다

누구나 장승일 수밖에 없다, 그 숲에서는!

가리왕산
그 숲에 가면
풀 한 포기 나무 한 그루 어느 하나
향기를 그득 머금지 않은 게 없다

그 숲에 가면
빛깔로 말하면
이 세상 어느 하나 대적할 빛깔이 없고
아름다움으로 말하면
천상의 선녀 옷보다 더 아름다우며
향내는
사향노루 향에 비길 바가 아니고
계곡을 타는 시냇물은
교향악 연주 중 으뜸이며
숲속 날짐승들
세레나데 합창을 감히 누가 흉내 낼 수 있겠나

그 숲에 가면

바위 사이사이에서 나오는 청량한 공기가
찌들은 영혼을 씻어주고
천상에서 내려오는 솔바람은
힘들어하는 군상들 영혼을 마사지 해 준다
옥황상제 호사가 이만할까

누구나 장승일 수밖에 없다
그 숲에 가면

섬

추자도에서 내려다 본 쪽빛바다
천상에서 흩뿌려 놓은
은구슬 알알이 바다 한가득
반짝 반짝 반짝

섬
쪽빛 바다에 풍덩 빠진
초롱초롱 해맑은 얼굴, 얼굴들
너울너울

내
영혼
덩달아
둥실둥실 두리둥실

넋을 빼앗기고
속 빈 껍데기인 채로
육신은 장승이 되어
서 있다, 그렇게 서있다

〈창조문학 2018 여름호〉

침묵 속에 불타는 숲(1)

유구한 세월의 숲을 본 사람이 있을까?

언 땅 녹으면 싹이 튼다
씨앗은 동토의 캄캄한 어둠 속에서
그 날을 위해
그 작디작은 몸통으로
더 작은 싹눈까지도 가세해서
혼신의 힘을 다해 자신을 불태웠다

해와 연을 맺은 앙증스런 새싹
또한
뿌리 끝부터 줄기 끝까지
어느 한 구석 빼지 않고
위로 위로 더 위로 치솟으려
염제와 맞서기라도 하려는 듯
자신을 불태웠다

산 그리고 숲

전체를 다 색동옷 입혀
원초적인 모습까지도 몽땅 바뀌게 하여
들짐승 날짐승 인간 군상들
넋을 잃은 채다

불태워 잉태한 씨앗
지상으로 내려 보내려
또, 자신을 불태우고 불태운다

동토의 캄캄한 구석에서
하얀 눈 이불 덮고
동장군 눈 크게 뜨면 크게 뜰수록
그 날을 위해
작디작은 몸통 그리고 싹눈 까지도
자신을 불태운다

숲은 침묵 속에서 불타고 있다

침묵 속에 불타는 숲(2)

정신없이 지나갔다
4월과 5월
온갖 꽃이 자태를 뽐내고
새들까지 화음을 더한다
이렇게
한바탕
잔치의 향연이 끝나는가 싶더니
바로
6월로 넘어 왔다
혼미한 정신 가다듬고
제정신 차리려 하는데
그놈의 정이란 게 뭔지
암컷 수컷이 뭐길래
숲이 온통 수컷 정액이 넘쳐 흐른다
꿀이 아닌 정액이
그 단초를 제공하는 놈
밤꽃
밤꽃에서 흐르는 비릿한

남정네 정액 바로 그 냄새다
타는 정열
주체 못하고 그저 마구 발하고
뻐꾸기란 놈
정열을 바칠 제짝 찾느라
세월 가는 줄 모르고
피를 토하도록 세레나데를 불러댄다
침묵 속에 숲은 불타고 있다

침묵 속에 불타는 숲(3)

이제 초복도 막바지다
중복이 턱 앞이다
잎은
한 옹큼의 양분이라도 더 얻으려
온몸으로 작열하는 태양에 맞서고
줄기 가지는
한 치라도 더 뻗어 보려 목 빠져라 하늘로 향하고
열매는
오는 가을 실한 열매되어
실한 종자로 거듭나려 정신이 없다
침묵 속에 숲은 불타고 있다

침묵 속에 불타는 숲(4)

숲속 한구석
못 말리는 연리목

사랑
사람의 사랑만큼
애절하고 간곡하고 열정적이고
절체절명의 사랑이 또 있으랴
극한적 상황에서는
죽음까지도 불사 한다
그래봐야 100년 안쪽이다

허나
연리목은 사람의 사랑보다
천배 만 배는 더 오랜 세월을
얽혀 안은 채로
단 1 초도 떨어져 본적이 없는
동장군 서슬 앞에서 나목으로
염제의 서슬 앞에서 옷 입은 채로

붉은 색동옷 갈아입고도
연두 빛 신록으로 분장하고도
어느 한 철 단 한순간도 거르지 않고
둘이 하나 된 채로
오는 이 가는 이 개의치 않고
그 자리에 그렇게 서서
계산이 아닌
그저
순수 열정으로 온몸을 불태우고 서있다

부끄러운 건 사람 뿐이다
아니 부끄러워 할 줄 알아야 한다

선물

선물
누구나 다 좋아한다
그게 선물이라면
반드시
주는 사람 받는 사람이 있다
상대에 따라
기쁨 행복이 배가 되기는 하지만
허나
문턱 넘은 여름 숲이 주는 선물보다
더한
선물은 없다
코도, 눈도, 귀도, 피부까지
게다가
건강까지도 챙겨주니
이보다 더한
즐거움과 행복을 주는
선물이
또 어디에 있으랴

그것도
아무런 셈도 욕심도 없이!
그저
순수함, 그 자체로만 준다!

〈창조문학 2017 겨울호〉

바보가 되는 거다, 바보가!

지금!
4월이 막 시작 됐다
내
가슴에
노랑, 하얀, 보라, 분홍 색칠 다 해 놓고는
관심도 없다
게다가
관목들 싹눈
연둣빛 참새 혀인 게
내
가슴까지도
연둣빛 칠을 해야 된다고
종알종알이다
난
그냥
바보가 되는 거다, 바보가!

산새의 출산 그리고 고행(1)

문학산 기슭
산성 가는 길목에
아주 큰 팽나무가
뿌리를 어지간하게 드러내고 서있다
그 등걸 구석 호젓한 공간에
초가삼간 한 채 올리고
사랑을 누리고
지금은
출산의 고행을 감내하고 있다
오는 이 가는 이
다 한 번씩 바라보고 스마트폰 누르고 지난다
미동도 없는
어미 새는 영락없는 목석이다
애기 주먹만이나 한 새
군상들과 마주할 때마다
콩알만 한 심장이 콩닥콩닥
터져버릴까 두렵고
제대로

부화나 잘 할 수 있을지?
심히 걱정이 됐을 게다
고행은
현재 진행형인 게다

〈창조문학 2017 겨울호〉

산새의 출산 그리고 고행(2)

목격
그 후
닷새를 못 넘기고
초가삼간이 통째로 증발됐다
어미 새도 알도 다 없다
눈물이 났다
많이, 아주 많이많이!

〈창조문학 2017 겨울호 발표〉

개고사리는 그렇게 살고 있다

문학산 골짜기
개고사리
머리를 내밀고 두리번두리번
군상들
고개를 외로 빼고 두리번두리번
손모가지가 그냥 놔두질 않는다
이름조차도
개고사리인데!
손모가지의 갑질이 부끄럽지도 않은가?
개고사리 이름만도 못하다

개고사리는 그렇게 감내하며 살고 있다

산 그리고 숲

산
인고의 유구한 세월
인내의 미덕으로
숲을
그저 묵묵히 가보듬어 주었다

숲
인고의 유구한 세월
인내의 미덕으로
산을
그저 묵묵히 믿어주었다

산 그리고 숲
더하고 덜함이 없이
주고 주는
인고와 미덕의 경이로움이
내 영혼마저도 훔쳐가고 말았다

한강의 어머니 검룡소!

1억 5천만년도 훨씬 전에 태동한
깊이도 알 수 없는 깜깜 절벽 수맥에서
젖 먹던 힘을 다해
광명의 세상으로 용출되어
우리 백성 절반의 생명수가 되다
그 이름
한강의 어머니 검룡소!

추나 더우나 흐리나 맑으나
1년 12달 365일 1초도 쉬지 않고
태곳적 시작처럼
오늘에 이르고 있다
또 앞으로도 계속 그럴 것이다

검룡소 2000리 물길 여정에
때로는 곤두박질에 뒤죽박죽이 되고
때로는 바위와 부딪혀 만신창이의 몸으로
때로는 이글대는 땡볕의 위험에 쫄고

때로는 엄동설한 얼어붙을까 노심초사다
단 하루도 편히 쉬는 날 없이
한강을 품기 위해 애쓰는 검룡소
그런 검룡소가
그저 애처롭고 경이로울 뿐이다

가까워지고 멀어짐은

계곡
뮤지컬 공연
그
음향이 멀어지니
산 정상이 가까워진다
산 정상이 멀어지니
계곡이 가까워진다.

사계(四季)
따사함에서 멀어지면
더위가 정점이고
더위에서 멀어지면
서늘함이
그리고
곧
추위에 가까워지고
추위에서 멀어지면
따스함이 영육(靈肉)을 평온하게 한다

인간
삶의 대공연
그 순수한
탄생에서 멀어지니
생의 정점에 가까워지고
생의 정점에서 멀어지니
유택으로 이사할 날이 가까워진다

세상사
멀어지고
가까워짐이
소멸이고
생성이다
이게
우주의 이치이고 섭리다

들국화

산길을 걷는다
틱 들고 하늘 보며 걷는다
하늘
한 가지 빛, 쪽빛 밖에 없다
고개 숙여 숲을 본다
황금빛 순색 들국화가 방긋방긋 이다
어둠이 깔리고
쪽빛 하늘 아기별 엄마별 아빠별
누구네 할 거 없이
다 나와 도란 도란이다
시간 가는 줄 모르고 있다가
여명이 가까워지자
모두가 아쉬운 듯 어찌할 바를 모른다
아기별은 아쉬움 잊기 힘들었던지
숲에 금빛 점을 찍어놓고 혼을 넣어주었다
사방팔방에
그 황금빛 얼굴, 얼굴이
방긋 방긋 웃고 있다

하늘 구름 바람 그리고 어떤 연주회

오늘은 쉬어볼까
아침상 물리고 한가하게 앉아 있는데
이게 뭐여
거실 창 밖 비취빛 하늘
안 나오고 뭐 혀
그러자
하늘 방랑자 몇 조각이
어서 안 나오고 참
그리고
청량 상큼한 낭자 살랑살랑 들어오더니
어서요 어서
다들 나오라 야단법석이다
모두들 괴물 같은 힘을 가지고 있다
잘 있는 사람
미친 듯 뛰쳐나가게 하는 힘
나오기를 잘했다
풀숲의 합창단 공연
오늘도 혼신을 다한 공연에 넋이 나갔다

장승이 따로 없다
온 몸으로 받는 청량감
덤으로 얻은 선물이다
나오기를 정말 잘했다 정말 잘했다

자작나무 숲

자작나무 숲에는
여러 갈래 길이 사방팔방이다
오가는 군상들이야 보건 말건
군상들 손버릇이 어떠하던지 간에
한 치의 굽힘도 부끄럼도 없이
낯빛도 그대로인 채로
홀라당 벗은 채로
희디 흰 속살 다 들어내고
뭐가 그리 당당한 건지
눈 하나 깜짝 안하고
그 많은 자작나무는
그저 하늘 꼭대기만 바라보고 서있다
그렇게 서 있다

무대 막이 내렸다

가을이 문턱을 넘고
15도 안팎을 넘나들 때 까지도
연주고 노래가 끊이질 않더니
오늘 새벽
갑자기 3도까지 곤두박질치더니
살인 더위에도 끄떡없던
문학산 풀숲
그 많은 연주자 가수 모두가 접었다
약속이라도 한 듯
깊어지는 만추에 무성하던 나무도 나목이 되고
길손 그림자가 쓸쓸해 보였든지
등에 햇살이 따갑고
솔새 박새 굴뚝새 콩새가 대신이다
새 무대로 바뀐 거다
들국화가
무대 장식을 더욱 멋지게 꾸며놓았다

꽃단장한 숲

꽃구름 정신없이 뭉쳐 다니며
사방팔방 꽃눈 내리고
틈새를 비집고
봄을 실어나 내려놓는 일 잊지 않더니
꽃눈 그치고
실바람 등에 업혀 온 봄은
나목에 옷을 입혀
숲을 꽃단장 시켜놓았다
알고 보니
솔새 딱새 굴뚝새 솔새 비비새
신방 차리라 그랬나 보다
누가 먼저라 할 것 없이
청아한 소리로
짝을 부르는 게 그렇다고 말해주고 있다
바람도 공기도
덩달아
청량한 자태로 숲을 쓰다듬는다

침묵 속에 불타는 숲

초판인쇄 : 2019년 2월 20일
초판발행 : 2019년 2월 25일

지은이 : 김기욱
펴낸이 : 이홍연
펴낸곳 : 이화문화출판사

주　소 : 서울특별시 종로구 인사동길12, 310호
전　화 : 02-738-9880
등　록 : 제300-2015-92호

값 10,000원